LEMERCIER DE NEUVILLE

La Cigale
et la Fourmi

COMÉDIE EN UN ACTE

Pour Jeunes Filles

PARIS

LIBRAIRIE THÉATRALE

14, RUE DE GRAMMONT, 14

—

1889

LA CIGALE ET LA FOURMI

COMÉDIE EN UN ACTE

IMPRIMERIE GÉNÉRALE DE CHATILLON-S-SEINE. — M. PÉPIN.

LEMERCIER DE NEUVILLE

La Cigale
et la Fourmi

COMÉDIE EN UN ACTE

Pour Jeunes Filles

PARIS
LIBRAIRIE THÉATRALE
14, RUE DE GRAMMONT, 14

1889
Droits de traduction, de reproduction et de représentation réservés.

PERSONNAGES :

MADAME VEUVE LAMIRAL, hôtelière à Meaux, au *Coq d'or*, 45 ans.

LOLOTTE, sa fille, 8 ans.

MARGOT, sa servante, 18 ans.

MADEMOISELLE JEANNE DUBOCAGE, marchande, 20 ans.

MADEMOISELLE ROSE DUCHEMIN, marchande, 20 ans.

ELOA, femme de chambre de mademoiselle Dubocage, 20 ans.

––––––––––

Cette pièce est extraite de l'ouvrage intitulé : *COMÉDIES POUR JEUNES FILLES*, du même auteur.

LA CIGALE ET LA FOURMI

Le théâtre représente le bureau-salon d'un hôtel de province : table, chaises, fauteuil, etc. Portes au fond, à droite et à gauche.

SCÈNE PREMIÈRE

MADAME LAMIRAL, LOLOTTE, MARGOT,
époussetant dans le fond.

MADAME LAMIRAL.

Nous allons bien voir si tu sais ta fable.

LOLOTTE.

Ah ! mais, je l'ai bien étudiée, mais c'est difficile.

MADAME LAMIRAL.

Difficile ? *La Cigale et la Fourmi !* Mais tous les petits enfants connaissent cette fable-là.

LOLOTTE.

Oh ! et moi aussi, tu vas voir.

1

MADAME LAMIRAL.

Voyons! récite.

LOLOTTE.

La Cigale et la Fourmi, fable.

MADAME LAMIRAL.

Nous savons le titre de la fable. Allons, va, Lolotte.

LOLOTTE, récitant.

« La cigale ayant chanté
 » Tout l'été,
» Se trouva fort dépouvue
» Quand la bise fut venue. »

s'interrompant. Qu'est-ce que c'est que la bise, maman ?

MADAME LAMIRAL.

La bise, c'est un vent froid de l'hiver...

LOLOTTE.

Ah ! oui, qui fait, sous les portes, ziiiii! ziiii! brouuuh ! ça fait grelotter !

MADAME LAMIRAL.

Continue : « Quand la bise fut venue...»

LOLOTTE.

« Quand la bise fut venue !
» Elle alla crier famine
» Chez la fourmi sa voisine... »

MADAME LAMIRAL.

Tu en passes !

LOLOTTE.

Ça ne fait rien, puisque je sais.

MADAME LAMIRAL.

Tu ne sais pas, puisque tu passes des vers. Voyons, soyons sérieuse : « Quand la bise fut venue... »

LOLOTTE.

«Quand la bise fut venue... » fut venue... Oui, il y a là quelque chose, mais j'me rappelle pas ! (Vivement.) Je sais ma fable tout de même !

MADAME LAMIRAL.

Si tu la savais, tu te rappellerais.

LOLOTTE.

Souffle-moi !

MADAME LAMIRAL.

Non ! tu dois la savoir.

LOLOTTE.

Ah bien ! moi, je la sais, voilà ! On peut bien oublier quelque chose, ça ne fait rien. Je la sais, tiens, puisque ça finit comme ça :

« Vous chantiez, j'en suis fort aise !
» Eh bien ! dansez, maintenant ! »

Tu vois que je la sais.

MARGOT, brusquement.

Madame !

MADAME LAMIRAL.

Tu m'as fait peur, Margot. Qu'est-ce qu'il y a ?

MARGOT.

Madame ! quand c'est-y donc le temps que les bêtes parlaient ?

LOLOTTE.

Tiens ! c'est quand tu parles !

MADAME LAMIRAL.

Lolotte! Est-ce qu'on dit des choses comme ça à sa bonne?

MARGOT.

Ça devait être drôle, tout de même!

MADAME LAMIRAL.

Mais les bêtes n'ont jamais parlé, ma fille. C'est un apologue.

MARGOT.

Oh! si, madame, moi, j'en ai entendu, des bêtes qui parlent.

LOLOTTE.

Toi, Margot! Tu as entendu parler des fourmis et des cigales?

MARGOT.

Non! mais des perroquets.

LOLOTTE, riant.

Ah! ah ah! qu'elle est drôle!

MADAME LAMIRAL.

Avec tout ça, tu ne sais pas ta fable; tu vas aller à ta classe et tu auras des mauvais points.

LOLOTTE.

Non, maman! je t'assure! Je la sais, tu verras.

MADAME LAMIRAL.

Oui, nous verrons! Il va être bientôt huit heures, Margot, laisse là ton plumeau et conduis Lolotte en classe.

MARGOT.

Oui, madame! Et qui causait bien, allez!

MADAME LAMIRAL.

Qu'est-ce que tu dis ?

MARGOT.

Le perroquet ! y causait bien ! Il disait : Bonjour, madame ! Crrré coquin !

MADAME LAMIRAL.

Eh bien, Margot !

MARGOT.

C'est le perroquet qui parlait comme ça.

MADAME LAMIRAL.

Allons, êtes-vous prêtes ? Partez.

LOLOTTE, embrassant sa mère.

Au revoir, maman !

MADAME LAMIRAL.

Au revoir ! Et si tu n'as pas de bonnes notes, pas de dessert.

LOLOTTE.

J'en aurai ! tu verras ! j'en aurai ! Viens, Margot !

MARGOT.

Donnez-moi la main, mademoiselle.

Margot et Lolotte sortent.

SCÈNE II

MADAME LAMIRAL, puis MADEMOISELLE DUCHEMIN.

MADAME LAMIRAL.

Ah ! quelle petite étourdie ! Dans un an d'ici, nous

la mettrons en pension tout à fait, ça lui mettra du plomb dans la tête, et moi un peu de tristesse au cœur, car j'aurai de la peine à m'en séparer. Je n'ai plus qu'elle ! Son père est mort, et rester seule, ce sera bien dur ! Mais il faut bien se sacrifier pour son enfant. (Mademoiselle Duchemin entre.) Tiens ! mademoiselle Duchemin !

MADEMOISELLE DUCHEMIN.

Bonjour, madame Lamiral ! Vous vous portez bien ? Et Charlotte ?

MADAME LAMIRAL.

Nous allons très bien, merci ! Et vous ? Il me semble que vous venez nous voir plus tôt que d'habitude ?

MADEMOISELLE DUCHEMIN.

Non ! C'est toujours en mars que je passe à Meaux.

MADAME LAMIRAL.

Et les affaires ? Ça va-t-il ?

MADEMOISELLE DUCHEMIN.

Ne m'en parlez pas ! On ne fait rien.

MADAME LAMIRAL.

Tout le monde en dit autant.

MADEMOISELLE DUCHEMIN.

Et vous ?

MADAME LAMIRAL

Moi, ça boulotte ! J'ai toujours ma clientèle de voyageurs ; quant au casuel, ce n'est pas brillant... Mais asseyez-vous donc, mademoiselle Duchemin. Margot est allée conduire Lolotte à sa classe ; elle va revenir de suite et montera vos bagages dans votre chambre.

MADEMOISELLE DUCHEMIN, s'asseyant.

Merci, madame. Je suis, en effet, un peu lasse.

MADAME LAMIRAL, s'asseyant près d'elle.

C'est qu'aussi vous n'êtes pas très forte pour faire un métier comme le vôtre : aller de ville en ville montrer des échantillons, tourmenter les clients ; et les chemins de fer, la nuit quelquefois, c'est fatigant ! Vous devriez vous établir.

MADEMOISELLE DUCHEMIN.

M'établir ! Et avec quoi ?... Oh ! j'y ai bien pensé, allez !

MADAME LAMIRAL.

Mais vos parents pourraient vous aider.

MADEMOISELLE DUCHEMIN.

Je n'ai plus de parents.

MADAME LAMIRAL.

Ni frère, ni sœur ?

MADEMOISELLE DUCHEMIN.

Si, j'ai une sœur, plus âgée que moi de cinq ans, mais où est-elle ? Il y a dix ans que je n'ai entendu parler d'elle.

MADAME LAMIRAL.

Comment cela ? Vous êtes brouillées ?

MADEMOISELLE DUCHEMIN.

Non ! Puisque vous voulez bien vous intéresser à moi, je vais vous conter mon histoire. J'étais encore au berceau quand je perdis ma mère ; mon père, qui était capitaine au long cours, ne pouvait pas emmener dans ses voyages deux petites filles dont l'aînée avait six ans ; il dut se séparer de nous et nous con-

fier à son frère, qui était armateur au Havre. Mon
oncle était garçon ; aussi ce furent des gouvernantes,
des étrangères, qui nous donnèrent leurs soins. Nous
n'avons jamais eu les conseils d'un père, les caresses
d'une mère !

MADAME LAMIRAL.

Pauvre enfant !

MADEMOISELLE DUCHEMIN.

Le navire sur lequel mon père voyageait apparte-
nait à mon oncle ; c'était toute sa fortune. Une année
qu'il tardait à revenir, on apprit que ce navire avait
fait naufrage et que tout avait été englouti, corps et
biens. Nous voici donc orphelines et mon oncle ruiné.
Au lieu de lutter contre sa mauvaise fortune, comme
il eût dû le faire, puisque nous restions pour ainsi
dire à sa charge, notre oncle se laissa abattre ; notre
présence semblait lui être pénible ; il renvoya la
gouvernante et nous mit en pension... Enfin, au bout
de deux ans, il mourut, nous laissant seules au
monde, sans amis et sans argent.

MADAME LAMIRAL.

Quelle triste situation !

MADEMOISELLE DUCHEMIN.

J'avais dix ans alors, et ma sœur Jeanne quinze ;
j'avais une santé délicate, ce qui nuisait beaucoup à
mon instruction ; mais ma sœur, au contraire, était
grande, forte, jolie, très intelligente, instruite, admi-
rablement douée, possédant tous les arts d'agrément :
musique, chant, dessin, — car mon père avait voulu
qu'on ne nous refusât rien — et enfin d'un caractère
enjoué qui charmait tout le monde.

MADAME LAMIRAL.

Vous l'aimiez beaucoup ?

MADEMOISELLE DUCHEMIN.

Beaucoup! une sœur aînée, c'est comme une mère
quand on est orpheline. Et puis, je l'admirais! A la
pension, elle étonnait tout le monde, elle faisait des
vers, comme un poète ; je me souviens qu'elle s'était
amusée à refaire les fables de La Fontaine avec une
morale différente et que ces petits essais poétiques
avaient eu beaucoup de succès... Mais je vous ennuie
peut-être?...

MADAME LAMIRAL.

Non! non! continuez! Si vous saviez, au contraire,
comme vous m'intéressez !

MADEMOISELLE DUCHEMIN.

Quand, à la pension, on apprit notre infortune, tout
le monde se mit en œuvre pour y porter remède. Ma
sœur avait pour amie intime une étrangère, une
Américaine, qui devait justement, cette année-là, re-
tourner dans son pays. Sans grande difficulté, elle
décida sa mère à emmener ma sœur Jeanne, qui serait
une compagnie agréable pour elle ; et comme elle était
très riche, cela ne lui était nullement onéreux. Mais
moi, je ne pouvais pas la suivre, j'eusse été une gêne ;
aussi ma sœur résistait. Alors la maîtresse de pension, pour la décider à ne pas manquer une si belle
occasion de faire son avenir, lui promit de se charger
de moi jusqu'à la fin de mon éducation, sans récla-
mer d'honoraires !

MADAME LAMIRAL.

C'était une bonne action.

MADEMOISELLE DUCHEMIN.

Oui. Pendant deux ans encore, je restai au pension-
nat, recevant tous les mois des nouvelles de ma sœur,

1.

qui était à la Nouvelle-Orléans, très heureuse auprès
de son amie; mais la maîtresse de pension vint à
mourir : l'établissement, qui depuis quelque temps
faisait de mauvaises affaires, ne trouva pas d'acqué-
reur; les élèves rentrèrent dans leurs familles, et
moi, j'avais douze ans, je fus trop heureuse d'être
recueillie par la mère d'une élève, qui tenait un petit
commerce de lingerie et qui m'employa comme vendeuse, quand elle ne me faisait pas faire les commissions.

MADAME LAMIRAL.

Et votre sœur ?

MADEMOISELLE DUCHEMIN.

Je correspondais avec ma sœur par l'intermédiaire
de ma maîtresse de pension qui, seule, savait son
adresse. Quand celle-ci mourut, j'écrivis bien plu-
sieurs fois à la Nouvelle-Orléans, mais je ne reçus
aucune réponse. Il est probable que ma sœur m'écri-
vit aussi, mais les lettres ont dû être mises au rebut
ou retournées ! Et voilà dix ans que j'attends le ha-
sard qui nous rassemblera.

MADAME LAMIRAL.

Vous êtes sûre au moins qu'elle n'est pas morte ?

MADEMOISELLE DUCHEMIN.

Je ne sais pas! J'ai écrit, j'ai vu le consul, j'ai fait
des démarches, tout a été inutile! Ah! ne parlons
plus de cela, cela me fait mal !

Elle se lève.

MADAME LAMIRAL, à part.

Pauvre femme! (Haut.) Mais voici Margot, elle va
vous monter vos bagages.

MADEMOISELLE DUCHEMIN.

C'est cela! Et moi, je vais prendre mon carton d'échantillons et aller voir quelques clients avant déjeuner.

Elle sort.

SCÈNE III

MADAME LAMIRAL, MARGOT, MADEMOISELLE DUBOCAGE, ÉLOA.

MARGOT, au dehors.

Entrez, madame! C'est ici le *Coq d'Or*, c'est la meilleure hôtel.

MADEMOISELLE DUBOCAGE, entrant.

Très bien ! prenez mes bagages.

MADAME LAMIRAL.

Madame désire une chambre ?

MADEMOISELLE DUBOCAGE.

Oui, au premier, si c'est possible, je ne voudrais pas monter.

MADAME LAMIRAL.

Margot, portez les bagages de madame au 2; puis vous monterez la malle de mademoiselle Duchemin au 14.

Au nom de mademoiselle Duchemin, mademoiselle Dubocage se retourne.

MADEMOISELLE DUBOCAGE.

Éloa, suivez la bonne (Lui donnant une clef.) et ouvrez mes malles.

ÉLOA, prenant la clef.

Bien, madame !

Éloa et Margot sortent avec les malles.

SCÈNE IV

MADAME LAMIRAL, MADEMOISELLE DUBOCAGE.

MADEMOISELLE DUBOCAGE.

Dites-moi, madame, vous n'avez pas reçu de lettre à mon adresse, ou bien personne n'est-il venu me demander : — Mademoiselle Dubocage, cantatrice ?

MADAME LAMIRAL.

Ah ! si, mademoiselle : M. le maire est venu demander si vous étiez arrivée. Mademoiselle chante au concert de ce soir, pour les pauvres ?

MADEMOISELLE DUBOCAGE.

Oui !

MADAME LAMIRAL.

Oh ! vous aurez beaucoup de monde ! Toute la salle est retenue.

MADEMOISELLE DUBOCAGE.

Tant mieux ! les pauvres en profiteront.

MADAME LAMIRAL.

Mademoiselle ne veut rien prendre pour le moment?

MADEMOISELLE DUBOCAGE.

Merci ! j'attendrai le déjeuner.

MADAME LAMIRAL.

C'est à onze heures; mais vous voudriez peut-être manger à part?

MADEMOISELLE DUBOCAGE.

Oui, je préférerais; alors, vous me le prépareriez pour dix heures et demie, car je dois dîner de bonne heure.

MADAME LAMIRAL.

Très bien! madame.

MADEMOISELLE DUBOCAGE.

Dites-moi ! Je vous ai tout à l'heure entendue prononcer le nom d'une dame...

MADAME LAMIRAL.

Mademoiselle Duchemin?

MADEMOISELLE DUBOCAGE.

Oui !

MADAME LAMIRAL.

Ah! c'est une personne très intéressante, qui a eu beaucoup de malheurs; vous la connaissez?

MADEMOISELLE DUBOCAGE, hésitant.

Non! Beaucoup de personnes s'appellent ainsi. Elle est vieille?

MADAME LAMIRAL.

Non, toute jeune, au contraire : une vingtaine d'années. — C'est une marchande de broderies, elle en a de superbes! Si mademoiselle voulait les voir?

MADEMOISELLE DUBOCAGE.

Oui. Cette dame est là?

MADAME LAMIRAL.

Elle est sortie pour le moment; mais quand elle rentrera, je vous ferai prévenir.

MADEMOISELLE DUBOCAGE.

Je vous serai très obligée. Où est ma chambre ?

MADAME LAMIRAL, montrant la droite.

De ce côté, madame, au premier ! Je vais appeler
Margot.

MADEMOISELLE DUBOCAGE.

C'est inutile ! je trouverai.

Elle sort à droite.

SCÈNE V

MADAME LAMIRAL, seule.

La grande cantatrice chez moi ! Ça va poser l'hôtel !
J'ai eu tout de même une bonne idée de lui parler
de broderies ! Si elle pouvait en acheter, ça serait
une bonne aubaine pour mademoiselle Duchemin.

SCÈNE VI

MADAME LAMIRAL, MARGOT.

MADAME LAMIRAL.

Rien ne manque, Margot ? Il y a du linge ? La
chambre est en état ?

MARGOT.

Oui, madame ! Oh ! dites donc, madame, si vous
saviez comme elle a de belles robes.

MADAME LAMIRAL.

Comment sais-tu cela?

MARGOT.

La femme de chambre a ouvert la malle, alors j'ai tout vu! Oh! des robes, madame, superbes! Il y a un peignoir tout en dentelles avec des rubans... Oh! c'est magnifique! Et puis une autre robe décolletée avec du jais, en satin. On dirait une robe de princesse! Et puis, pour sa toilette, elle a un nécessaire tout en argent; c'est beau! c'est beau!

MADAME LAMIRAL.

C'est beau, parce que tu n'as jamais rien vu.

MARGOT.

J'ai rien vu, c'est pas ma faute à moi! Faut-il qu'elle soit riche, cette dame, pour avoir de belles choses comme ça !

MADAME LAMIRAL.

C'est bon, finis d'épousseter ici et reçois le monde, pendant que je vais aller jeter un coup d'œil à la cuisine.

MARGOT.

Oui, madame

Madame Lamiral sort à gauche.

SCÈNE VII

MARGOT.

Comme on doit être jolie avec des belles robes comme ça! J'en aurai jamais, moi! Une pauvre fille de la campagne, qui n'est jamais sortie de son trou, ça n'a pas de chance de devenir jamais une bourgeoise ! Pourtant j'aimerais bien ! Bah ! ça m'irait tout comme à une autre ! Je ferais des petites façons en serrant les lèvres comme ça : Oui, madame ! Bonjour, madame ! Comment vont vos enfants, madame ? Oh ! et puis je mettrais de belles choses, des robes de soie, avec des petits bourrelets derrière. On a l'air de pintades qui se promènent... Si seulement je pouvais être en service chez une belle dame comme ça, ça m'apprendrait ! Mais ici, j'peux rien apprendre ! C'est désolant ! J'vois bien que j'serai une pauvre fille toute ma vie !

SCÈNE VIII

MARGOT, ÉLOA.

ÉLOA, un pot à l'eau à la main.

Mademoiselle, pouvez-vous me dire où je puis prendre de l'eau ?

MARGOT, lui prenant le vase.

Attendez ! je vais vous en donner ! J'croyais qu'il y en avait dans le broc.

ÉLOA.

Il n'y en avait pas !

MARGOT, à l'entrée de la porte, remplissant le broc.

Voyez-vous, la fontaine est là ; mais il ne faudra pas descendre une autre fois ; vous sonnerez, je viendrai. Il y a une sonnette à côté du lit.

ÉLOA, prenant le vase plein.

Vous êtes bien complaisante. Merci, mademoiselle.

MARGOT.

Dites donc, mademoiselle, y a-t-il longtemps que vous êtes au service de votre maîtresse?

ÉLOA.

Voici un an déjà.

MARGOT.

Et elle est bonne?

ÉLOA.

Oh! très bonne! et très généreuse! Elle me donne toutes les robes qu'elle ne met plus, et elles ne sont pas usées.

MARGOT.

Vraiment!

ÉLOA.

Et puis elle me fait quelquefois des petits cadeaux! Voilà une bague qu'elle m'a donnée.

MARGOT, essayant la bague.

Voyons! Oh! qu'elle est jolie!... J'ai les doigts trop gros, elle n'entre pas! Ah! si, au petit doigt!

ÉLOA.

Et puis elle m'a donné des boucles d'oreille, et puis de l'argent quelquefois.

MARGOT, étonnée.

Vraiment! Oh! j'aimerais bien une maîtresse comme ça! Ici, madame Lamiral est bien bonne, c'est vrai; mais elle ne me donne pas ses vieilles robes ; elle s'en fait des jupons ! J'ai bien quelquefois par ci par là des étrennes des voyageurs, mais il en faudra joliment pour me faire une dot !

ÉLOA.

Il faut venir à Paris, là on gagne bien plus.

MARGOT.

Oui, mais je n'y connais personne.

ÉLOA.

Et puis c'est pas tout ! Qu'est-ce que vous savez faire ?

MARGOT.

Oh ! beaucoup de choses ! Je sais laver les carreaux...

ÉLOA.

A Paris, il y a des parquets ; on cire.

MARGOT.

Oh ! je sais traire les vaches...

ÉLOA.

A Paris, il n'y a pas de vaches ; les laitières apportent leur lait.

MARGOT.

Enfin, je sais faire tout, quoi !

ÉLOA.

Il faut savoir coudre, raccommoder, repasser, essayer les robes, coiffer, servir, recevoir les amis, les créanciers, les directeurs, tous d'une façon différente : mentir à l'occasion. Ah ! c'est un métier qui n'est pas facile que celui de femme de chambre à Paris.

MARGOT.

Bon Dieu ! bon Dieu ! bon Dieu ! Et vous savez tout ça ?

ÉLOA.

Je crois bien.

MARGOT.

Eh bien! moi, j'sais rien de tout ça. Je vois bien qu'il faut qu'j'y renonce. C'est tout au plus si j'sais lire; ainsi, vous voyez!

ÉLOA.

Dame, tout n'est pas rose! Madame n'est quelquefois pas bien disposée. Elle a des colères terribles, et il ne faut rien répondre.

MARGOT.

Ah! moi, j'y répondrais!

ÉLOA.

Alors elle vous mettrait à la porte.

MARGOT.

Ah! tant pis! moi j'répondrais! Tenez, madame Lamiral, qu'est pourtant pas bien vindicative, un jour qu'ell' m'dit comme ça : Margot, t'es une bourrique! — Une bourrique! que j'dis, c'est vous qu'es une bourrique! — Insolente! qu'elle dit, et v'là qu'elle lève la main sur moi : Dame! c'est ça qu'était pas à faire! Les calottes, ça m'connaît! J'en ai tant reçu quand j'étais petite! Mais, depuis que j'suis en service, j'm'ai dit comme ça qu'on n'm'en donnerait plus! — Touchez pas! que j'lui dis; si vous tapez, j'tape! All'n'm'a pas touchée, tout d'même! Ça a fini comme ça! Mais ell'n'a plus recommencé; c'est vrai! Pourquoi aussi qu'elle m'appelait bourrique!

ÉLOA.

Il faut tout passer à ses maîtres.

MARGOT.

Comme vous dites! Oh! J'l'aime bien tout d'même!

Coup de sonnette.

ÉLOA.

Qu'est-ce que c'est que ça?

MARGOT, regardant un jeu de sonnettes près du bureau.

Numéro deux! — C'est votre maîtresse qui sonne.

Nouveau coup de sonnette.

ÉLOA.

Elle s'impatiente! J'y vais.

Elle rentre à droite.

SCÈNE IX

MARGOT, seule.

Elle va recevoir son paquet! et puis elle ne dira rien! C'est ça qui ne m'irait pas! (Elle prend son plumeau.) Nettoyons un petit peu! Oh! ce n'est pas bien sale! J'ai fait cette chambre-là à fond il y a huit jours! Mais il vient tant de monde! On n'en finirait pas si on ôtait toute la poussière! Moi, je fais le plus gros, c'est bien assez!

SCÈNE X

MARGOT, MADAME LAMIRAL.

MADAME LAMIRAL.

J'ai fait soigner le déjeuner. Il faut que cette dame ait une bonne opinion de la maison.

MARGOT.

Là ! v'là qu'est fait !

MADAME LAMIRAL.

C'est bien ! Maintenant tu vas aller chez monsieur le maire, et tu lui diras que la chanteuse qu'il attendait est arrivée.

MARGOT, allant sortir.

Bien, madame.

MADAME LAMIRAL, la retenant.

Attends donc ! Puis tu passeras chez le pâtissier ; tu lui diras d'apporter une brioche, une grosse, ce matin, tout de suite.

MARGOT, même jeu.

Oui, madame.

MADAME LAMIRAL, même jeu.

Ce n'est pas tout ! Tu passeras chez le jardinier ; tu lui diras de faire un gros bouquet. (A part.) Il faut flatter la pratique !

MARGOT, même jeu.

Un bouquet ; très bien !

MADAME LAMIRAL, même jeu.

Pas si vite ! Enfin, tu passeras par la pension et tu ramèneras Lolotte. Est-ce compris ?

MARGOT.

Si j'ai compris, je crois bien, madame !

MADAME LAMIRAL.

Voyons ! Répète un peu les commissions que je t'ai données.

MARGOT, avec volubilité.

Je vais aller chez le maire lui commander une

brioche, et dire au pâtissier que la chanteuse est arrivée, et prendre chez le jardinier Lolotte et un bouquet chez la maîtresse de pension.

MADAME LAMIRAL, riant.

Mais tu brouilles tout! ma pauvre Margot.

MARGOT.

Ça ne fait rien, madame! Je ne sais pas m'expli-
quer; mais je m'y reconnaîtrai bien tout de même.
Vous aurez le bouquet, la brioche, le maire et
Lolotte.

MADAME LAMIRAL, riant.

Allons, va! et dépêche-toi!

MARGOT.

J'y cours!

Elle sort.

SCÈNE XI

MADAME LAMIRAL, puis MADEMOISELLE
DUCHEMIN.

MADAME LAMIRAL.

Bonne fille! mais pas deux liards de tête! — Je ne
sais pas ce qu'elle a épousseté avec son plumeau,
mais il y a de la poussière partout; rien n'est rangé!
(Allant à son bureau.) Tenez, voilà les programmes du
concert de ce soir; je lui avais dit d'en mettre dans
les chambres et sur la table d'hôte; ils sont encore
ici! Elle n'y a pas touché. Quelle cervelle! Mon
Dieu!

MADEMOISELLE DUCHEMIN, entrant avec ses paquets.

Ouf ! je n'en puis plus !

MADAME LAMIRAL.

Ah ! mademoiselle Duchemin ! Eh bien ! ça a-t-il été, le commerce ?

MADEMOISELLE DUCHEMIN.

Ah ! ne m'en parlez pas ! Je ne sais pas si c'est pour les autres comme pour moi, mais on ne fait rien. Je n'ai pas étrenné.

MADAME LAMIRAL.

Ah ! c'est que les temps sont durs ! Tout le monde économise. Vous surtout qui avez un commerce de luxe ! Le linge, la broderie, ça coûte très cher.

MADEMOISELLE DUCHEMIN.

Et puis il y a la concurrence des fabriques. Tout se fait à la mécanique maintenant ! On n'apprécie plus le beau. On préfère la camelotte à cause du prix. Il n'y a plus de riches clients.

MADAME LAMIRAL.

Si, peut-être encore ! Et je crois vous avoir trouvé une bonne cliente.

MADEMOISELLE DUCHEMIN.

Ici ?

MADAME LAMIRAL.

Oui ! Une dame qui est descendue ce matin à l'hôtel ; c'est une grande artiste ; je lui ai parlé de vous, et elle a demandé à voir vos échantillons.

MADEMOISELLE DUCHEMIN.

Que vous êtes bonne, madame ! merci.

MADAME LAMIRAL.

J'ai idée que vous ferez affaire ensemble. Tenez,
je l'entends qui descend; je vais vous présenter.

SCENE XII

MADAME LAMIRAL, MADEMOISELLE DUCHE-
MIN, MADEMOISELLE DUBOCAGE, entrant en
costume de ville.

MADAME LAMIRAL.

Mademoiselle, voici la personne dont je vous ai
parlé.

MADEMOISELLE DUBOCAGE.

Ah merci ! Mademoiselle Duchemin, je crois ?

MADEMOISELLE DUCHEMIN.

Oui, madame !

Les deux femmes se regardent.

MADEMOISELLE DUBOCAGE, à part.

Cette figure ne m'est pas inconnue.

MADEMOISELLE DUCHEMIN, à part.

Où ai-je vu cette dame ?

MADAME LAMIRAL.

Vous allez voir, mademoiselle Dubocage, les beaux
ouvrages que possède mademoiselle Duchemin.

MADEMOISELLE DUCHEMIN, à part.

Mademoiselle Dubocage !... Je ne connais pas !

MADEMOISELLE DUBOCAGE.

Allons ! Montrez-moi cela, mademoiselle !

MADAME LAMIRAL.

Je vous laisse ensemble ! (A part, à mademoiselle Dubocage.) Laissez-vous tenter ; elle est bien malheureuse !

SCÈNE XIII

MADEMOISELLE DUBOCAGE, MADEMOISELLE DUCHEMIN.

Mademoiselle Duchemin ouvre ses cartons et montre ses dentelles et ses broderies. — Pendant cette scène, mademoiselle Dubocage regarde avec attention mademoiselle Duchemin à la dérobée.

MADEMOISELLE DUBOCAGE.

Il y a longtemps que vous faites ce commerce, mademoiselle ?

MADEMOISELLE DUCHEMIN.

Je ne fais des voyages que depuis dix-huit mois ; auparavant j'étais vendeuse au magasin.

MADEMOISELLE DUBOCAGE.

Les voyages sont très pénibles.

MADEMOISELLE DUCHEMIN.

Très pénibles ! Mais je commence à m'y habituer ! — Voici des dentelles de Chantilly...

MADEMOISELLE DUBOCAGE, examinant les marchandises.

Très jolies ! Ravissante. celle-ci... Mettez-la de côté... — Vous représentez une maison de Paris ?

MADEMOISELLE DUCHEMIN.

Oui, madame, la maison Girard et Cie.

2

MADEMOISELLE DUBOCAGE.

Girard, je connais! mais ce n'est pas la même ; celle dont je parle est du Havre.

Elle regarde attentivement mademoiselle Duchemin.

MADEMOISELLE DUCHEMIN.

C'est la même maison. J'y suis depuis l'âge de douze ans ; j'y ai fait mon apprentissage en sortant de pension.

MADEMOISELLE DUBOCAGE, à part.

Depuis l'âge de douze ans.

MADEMOÏSELLE DUCHEMIN.

La maison du Havre n'existe plus depuis longtemps. Elle s'est établie à Paris et fait de très bonnes affaires... Voici des broderies.

MADEMOISELLE DUBOCAGE.

Ah ! oui, voyons les broderies... Mais vous me semblez bien jeune pour qu'on vous confie ainsi les intérêts d'une maison importante.

MADEMOISELLE DUCHEMIN.

C'est vrai ! mais il faut vous dire que je suis un peu l'enfant de la maison. J'ai quitté la pension pour le magasin, voilà huit ans de cela, et mes patrons ont toute confiance en moi. Du reste, je ne fais pas de longs voyages et ne m'éloigne pas beaucoup de Paris.

MADEMOISELLE DUBOCAGE, émue, à part.

Ah ! mon Dieu ! si ce que je soupçonne est vrai... Oh ! ce serait trop de bonheur !

MADEMOISELLE DUCHEMIN.

Ces broderies ne vous plaisent pas ?

MADEMOISELLE DUBOCAGE, vivement.

Si ! Si !

MADEMOISELLE DUCHEMIN.

Mais vous ne les regardez pas !

MADEMOISELLE DUBOCAGE.

Pardon ! une distraction !... Oui, en voici de char-
mantes ! (Elle prend des broderies à la main ; mais, par dessus,
elle regarde attentivement mademoiselle Duchemin qui, tout à son
commerce, en choisit d'autres. — A part.) Cette idée qui
m'est venue en attendant son nom ne me quitte
pas ! Et, de peur de déception, je n'ose l'interroger
plus directement !...

MADEMOISELLE DUCHEMIN.

En voici d'autres qui vous conviendront sans
doute mieux.

MADEMOISELLE DUBOCAGE.

Voyons ! (Elle regarde légèrement.) Mettez-moi ceci de
côté ! — Mais vous avez un très bel assortiment ;
vous devez faire de bonnes affaires ?

MADEMOISELLE DUCHEMIN.

Pas dans ce moment-ci, madame ; on achète peu.

MADEMOISELLE DUBOCAGE.

Et vous n'avez de bénéfice que sur vos ventes ?

MADEMOISELLE DUCHEMIN.

Bien entendu ! Ah ! si j'étais à mon compte, je
trouverais encore que j'en fais assez.

MADEMOISELLE DUBOCAGE.

Pourquoi vos parents ne vous établissent-ils pas ?

MADEMOISELLE DUCHEMIN.

Je suis orpheline, madame.

MADEMOISELLE DUBOCAGE, à part.

Elle s'appelle Duchemin ; elle est du Havre et orpheline ; oh! c'est elle, mon cœur me le disait... J'ai envie de sauter à son cou.

MADEMOISELLE DUCHEMIN.

J'ai encore d'autres articles, des robes brodées ; si madame voulait les voir. Elles sont dans ma chambre, j'irais les chercher.

MADEMOISELLE DUBOCAGE.

Oui ! Oui ! Allez ! je vous attends.

MADEMOISELLE DUCHEMIN, à part.

C'est singulier comme cette dame semble émue!

Elle sort.

SCÈNE XIV

MADEMOISELLE DUBOCAGE.

C'est elle, oui, c'est elle! Le même nom, la même origine, orpheline comme moi; c'est Rose, ma sœur! Oh! je ne l'ai pas vue depuis dix ans, mais je retrouve ses traits, j'ai reconnu ses yeux si doux; si elle avait souri, j'aurais reconnu son sourire, mais elle est triste et semble malheureuse... Oh! c'est fini maintenant. — Voyons, la maîtresse d'hôtel me l'a recommandée; elle la connaît, je vais l'interroger. Il est pourtant impossible que je me trompe! Ma sœur, ma chère sœur, ma bonne Rose que j'ai tant pleurée, et je la retrouve, ici... dans ce pays où je ne voulais pas venir ! C'est la Providence qui m'a décidée sans doute. — (Appelant à gauche.) Madame ! madame !

SCÈNE XV

MADEMOISELLE DUBOCAGE, MADAME LAMIRAL.

MADAME LAMIRAL.

Eh bien ! Avez-vous fait affaire?

MADEMOISELLE DUBOCAGE.

Oui; mais je veux vous demander quelques renseignements.

MADAME LAMIRAL.

Sur mademoiselle Duchemin ?

MADEMOISELLE DUBOCAGE.

Oui ! Elle est du Havre, n'est-ce pas ?

MADANE LAMIRAL.

Oui !

MADEMOISELLE DUBOCAGE.

Elle est orpheline et avait une sœur dont elle n'a plus entendu parler depuis bien longtemps ?

MADAME LAMIRAL.

Oui ! Comment savez-vous ?

MADEMOISELLE DUBOCAGE.

C'est bien elle ! c'est elle ! c'est ma sœur ! Oh ! que je suis heureuse !

MADAME LAMIRAL.

Comment ! Vous êtes la sœur de mademoiselle Duchemin? Mais ce nom de Dubocage?

2.

MADEMOISELLE DUBOCAGE.

Un nom de guerre, que j'ai pris quand j'ai embrassé la carrière artistique !

MADAME LAMIRAL.

Comme elle va être heureuse !

MADEMOISELLE DUBOCAGE.

Autant que moi ! Mais il ne faut rien encore lui dire. Je veux qu'elle aussi me reconnaisse !

MADAME LAMIRAL.

Comment allez-vous faire ?

MADEMOISELLE DUBOCAGE.

Oh ! je trouverai bien ! soyez tranquille.

SCÈNE XVI

Les Mêmes, MARGOT, LOLOTTE.

LOLOTTE, allant embrasser sa mère.

J'ai bien su ma fable ! J'ai bien su ma fable !

MADAME LAMIRAL.

C'est bien, Lolotte ! laisse-nous !

MADEMOISELLE DUBOCAGE.

Comme elle est gentille ! Venez m'embrasser, mon enfant.

Lolotte va embrasser mademoiselle Dubocage.

MARGOT.

J'ai fait toutes les commissions, madame ! Le maire, le pâtissier, le jardinier et Lolotte.

MADAME LAMIRAL.

C'est bien.

SCÈNE XVII

Les Mêmes, MADEMOISELLE DUCHEMIN
et ELOA portant un grand carton.

MADEMOISELLE DUCHEMIN, à Eloa.

Merci, mademoiselle... Le carton était trop lourd
pour moi seule; posez-le là, sur ce canapé.

Elle ouvre le carton et déplie une robe.

MARGOT.

Oh! la belle robe !

LOLOTTE.

Une belle robe, voyons!

MADEMOISELLE DUBOCAGE.

Déjà coquette, mademoiselle ! Eh bien, dites-mo
votre fable et je vous permettrai d'aller la voir.

MADAME LAMIRAL.

Oh ! madame, elle va vous ennuyer !

MADEMOISELLE DUBOCAGE.

Du tout! je parie que tu ne la sais pas...

LOLOTTE.

Eh bien, moi, je parie que je la sais !

MADEMOISELLE DUBOCAGE.

Voyons; si tu la sais, je te donnerai une robe
semblable.

LA CIGALE ET LA FOURMI

MADAME LAMIRAL.

Oh ! madame !

MADEMOISELLE DUBOCAGE, bas.

Laissez-moi donc payer mon bonheur. (Haut.) J'écoute.

LOLOTTE.

« La cigale ayant chanté
    » Tout l'été,
» Se trouva fort dépourvue
» Quand la bise fut venue.
» Pas le plus petit morceau
» De mouche ou de vermisseau.
» Elle alla crier famine
» Chez la fourmi, sa voisine,
» La priant de lui prêter
» Quelques grains pour subsister
» Jusqu'à la saison nouvelle.
» — Je vous paierai, lui dit-elle,
» Avant l'août, foi d'animal,
» Intérêt et principal !
» La fourmi n'est pas prêteuse ;
» C'est là son moindre défaut.
» — Que faisiez-vous au temps chaud ?
» Dit-elle à cette emprunteuse.
» — Nuit et jour, à tout venant,
» Je chantais, ne vous déplaise.
» — Vous chantiez ! j'en suis fort aise !
» Eh bien ! dansez, maintenant ! »

J'ai gagné ma robe ! j'ai gagné ma robe !

MADEMOISELLE DUBOCAGE.

Un instant ! pas encore ! Je connais aussi la fable
de *la Cigale et la Fourmi*, mais pas comme cela. (A

part.) Va-t-elle se souvenir ? (Haut.) Ecoute bien cette
fable. La morale en est plus généreuse :

« La cigale ayant chanté
       » Tout l'été,
» Grâce à sa voix de crécelle,
» Avait sans difficulté
» Su remplir son escarcelle.
» Sa voisine, la fourmi,
» Ne, vivotait qu'à demi,
» Quoiqu'active et travailleuse.
» — Ah! dit-elle, il me faudrait
» Si peu ! — Si peu suffirait
» Pour me rendre très heureuse !
» Allons trouver la chanteuse ;
» Elle a peut-être du cœur
» Et comprendra ma demande.
» La cigale, avec douceur,
» Répondit à la marchande :
» — Moi, je ne vous dirai pas :
» Pour être dans l'embarras
» Qu'avez-vous fait ? — Que m'importe !
» Vous avez heurté ma porte
» Et je vous ouvre les bras.
» On doit s'aider ici-bas ! »

Pendant que mademoiselle Dubocage récite, mademoiselle Duchemin semble en proie aux plus vifs sentiments ; elle regarde la
  cantatrice avec une inquiétude mêlée de joie, hésite, balbutie,
  puis enfin :

MADEMOISELLE DUCHEMIN.

Cette fable... oh ! mais, cette fable... je la connais !
D'où savez-vous ? Oh ! mon Dieu ! Est-ce possible ?..
Est-ce que...?

MADEMOISELLE DUBOCAGE, ouvrant ses bras.

Rose !

MADEMOISELLE DUCHEMIN, se jetant dans ses bras.

Jeanne! Jeanne! ma sœur! Oh! j'ai retrouvé ma sœur!

MADAME LAMIRAL.

Je suis toute émue!

MARGOT.

Je pleure comme une bête!

LOLOTTE.

Pourquoi tout le monde pleure?

MADEMOISELLE DUBOCAGE.

C'est de joie! mon enfant! Sois heureuse aussi; tu auras ta belle robe.

MADEMOISELLE DUCHEMIN.

Ma sœur! ma chère sœur!

MADEMOISELLE DUBOCAGE.

Nous ne nous quitterons plus jamais!

On entend la cloche du déjeuner.

MADAME LAMIRAL.

Le déjeuner est servi.

MADEMOISELLE DUBOCAGE.

Viens, ma sœur! viens! Allons prendre des forces pour supporter notre bonheur! Oh! comme je vais bien chanter ce soir!

FIN

Imprimerie générale de Châtillon-sur-Seine. — M. Pepin.

PIÈCES POUR LA JEUNESSE

	H.	F.	Prix
LES AMIS DE PROVINCE.	2	4	1 »
L'ATELIER DE PEINTURE.	3	4	1 »
LES AVOCATS.	4	»	1 »
LE BILLET DE LOTÉRIE	6	»	1 »
UN CERCLE DE FEMMES	1	7	1 »
LA CIGALE ET LA FOURMI	»	6	1 »
LES CONSEILS DE MON ONCLE . . .	3	1	1 »
UN COUP DE TÊTE.	»	2	1 »
LE CRIME DE MOUTIERS	5	»	1 »
LES CUISINIÈRES	»	7	1 »
DEUX MÈRES.	»	5	1 »
UNE DISCRÉTION	2	2	1 »
LA DOT D'ALICE.	»	2	1 »
UN FIANCÉ ANONYME	»	5	1 »
LA GRANDE SŒUR.	»	2	1 »
LE GÉNÉRAL PRUNEAU (de Tours).	2	1	1 »
LA MALADE IMAGINAIRE.	6	»	1 »
MALICES PERDUES	1	1	1 »
MENTOR (charade)	»	4	1 »
LA NÉGRESSE	»	5	1 »
LE PATÉ.	3	1	1 »
PENSUM (charade).	»	6	1 »
LES POMMES DE LA MÈRE AUBRY.	»	3	1 »
LE PREMIER BAL	»	5	1 »
UN PREMIER HABIT	1	1	1 »
LE PRIX D'HONNEUR.	»	2	1 »
LES SOUHAITS INTERROMPUS . . .	»	4	1 »

IMPRIMERIE GÉNÉRALE DE CHATILLON-SUR-SEINE. — M. PÉPIN.